**Para todos los niños que se han sentido solos.
- J. F. M**

**Para Florence. ¡Y gracias a ti,
Asia, por todo tu apoyo!
- D. R.**

Todos los derechos reservados.

Ninguna parte de este libro puede reproducirse, transmitirse o almacenarse en ningún sistema de recuperación de información, de ninguna forma ni por ningún medio, ya sea gráfico, electrónico o mecánico, incluidas las fotocopias o grabaciones, sin el permiso previo y por escrito del editor.

LCCN 2024933669
ISBN 978-1-959244-07-3 (hardcover)
ISBN 978-1-959244-08-0 (softcover)

Copyright del texto © 2017 por Julia Finley Mosca
Ilustraciones de Daniel Rieley
Copyright de las ilustraciones © 2017 The Innovation Press

Publicado por The Innovation Press
1001 4th Avenue, Suite 3200, Seattle, WA 98154

www.theinnovationpress.com

Impreso y encuadernado por Shenzhen Reliance Printing Co. Ltd.
Fecha de producción: mayo de 2024.
Ubicación de la planta: Nanling Longgang, Shenzhen.

Letra de portada de Nicole LaRue.
Arte de portada de Daniel Rieley.
Maquetación de Rose Clemens.

Traducido al español por Aparicio Publishing.

ESCRITO POR
JULIA FINLEY MOSCA

ILUSTRADO POR
DANIEL RIELEY

LA NIÑA QUE PENSABA EN IMÁGENES

La historia de la Dra. Temple Grandin

Si a veces te sientes diferente,
si no eres como los demás,

si no encajas entre la gente,
hay alguien que se sintió igual.

Su nombre es TEMPLE GRANDIN,
y su vida te va a interesar.

La historia de esta niña vaquera
no es un cuento... ¡es REAL!

En la gran ciudad de Boston,
un día cálido de verano,

nació una bebé muy dulce.
Era Temple... ¡BRAVO, BRAVO!

Desde pequeña esta niña
tenía gustos singulares.

Le gustaba ver girar objetos
y dar vueltas inusuales.

Pero había cosas que odiaba,
como los sonidos fuertes,

las luces muy brillantes
y los sitios plagados de gente.

Los vestidos con volantes y etiquetas, le rozaban, la irritaban...

Y los ABRAZOS MUY FUERTES ¡también le fastidiaban!

Temple era tímida y solitaria,
pero cuando se enojaba,

o si estaba estresada,
o tal vez frustrada,

con una rabieta protestaba:

Y PATEABA

Y GRITABA

Y MANOTEABA

Y CHILLABA.

Pero a sus tres años de edad,
ni una palabra pronunciaba.

Unos y otros opinaban:
—Ella no será normal.

—En su cerebro, algo anda mal.
¡Mándenla a otro lugar!

—¿A OTRO LUGAR? —decía su mamá—.
A mi Temple, ¡jamás!

—Algo al respecto haremos.
¡Ya lo verán los demás!

Fue así como poco a poco,
unos maestros geniales

ayudaron a Temple a HABLAR
con técnicas especiales.

¿Y qué tenía su cerebro?
Nada malo, era AUTISMO.

Ella era "DIFERENTE, NO INFERIOR",
todos acordaron lo mismo.

Al igual que a otros niños,
le gustaban los helados y el arte,

aunque su manera de PENSAR
la hacía estar muy aparte.

Si por ejemplo le hablaban
de una MOSCA que volaba,

docenas de FOTOS de moscas
por su mente se paseaban.

Cuando entró a la escuela,
Temple no la pasó nada bien.

Los niños la perseguían
y se burlaban de ella también.

Al sentirse agobiada,
Temple pronto ENLOQUECÍA.

Unos y otros se reían
al oír que las cosas repetía

y repetía . . .

¡MÍRENLA!

y repetía . . .

y repetía.

Hasta que Temple no aguantó más
y EXPLOTÓ un día cualquiera.

Le lanzó un libro a un niño
¡y la expulsaron de la escuela!

Nadie la ENTENDÍA a ella,
pero a decir verdad . . .

tampoco ella entendía
a los DEMÁS en realidad.

Su mamá le dijo un día:
—Te llevaré al oeste.

—Irás al rancho de tu tía, necesitas otro ambiente.

¿Y sabes lo que pasó?
Temple fue FELIZ en el rancho.

Le gustaba estar despeinada
con uno y con otro CHANCHO.

Le gustaban mucho las vacas,
tan humildes y gentiles.

No hablaban ni preguntaban,
¡tan solo mugían felices!

Y al ver a sus nuevas amigas,
algo entendió con certeza:

"Estas vacas piensan como YO:
¡ven IMÁGENES en su cabeza!".

Temple a OTRA escuela entró
y un maestro la apoyó.

—Saldrás adelante —le dijo—.
¡Te lo aseguro yo!

—Si la ciencia es de tu agrado,
¡entonces llegarás muy ALTO!

El maestro tuvo razón. . .
¡una puerta así le abrió!

Temple pensó en las vacas
y usando su memoria, INVENTÓ algo:

una máquina como las de ciertos ranchos,
donde dentro, podía sentirse a salvo.

¡Y el invento FUNCIONÓ!
¡Su máquina la calmaba!

Como a las vacas en el rancho,
¡sin brazos la abrazaba!

Temple oyó hablar de granjas donde los animales sufrían.

"Buscaré SOLUCIONES", pensó. "Los ayudaré algún día".

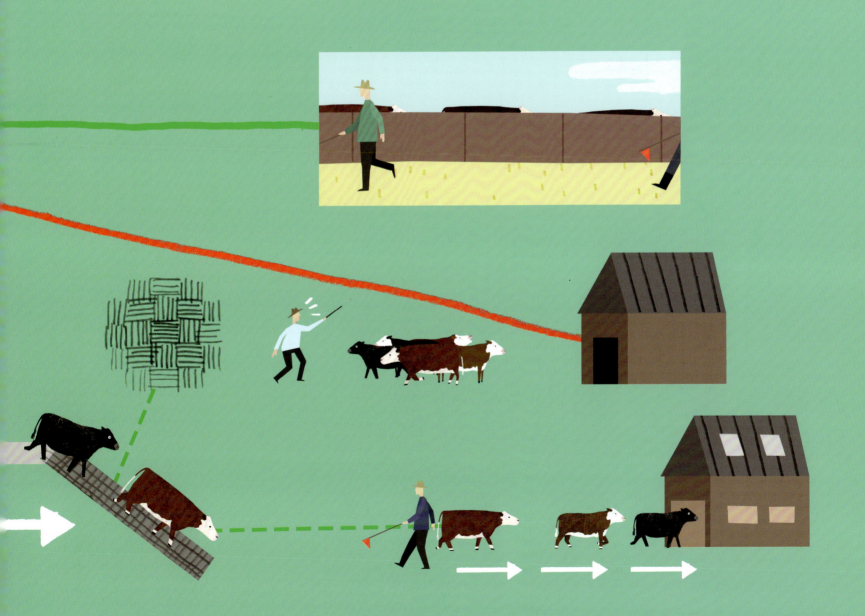

Y entonces pasó algo GENIAL. . .
¿Adivinas qué pudo ser?

Temple llegó a la UNIVERSIDAD,
¡y TRES diplomas logró obtener!

Ahora era experta en granjas,
¡la única mujer de sus tiempos!

¿Crees que eso detuvo a Temple?
¡No! Superó los contratiempos.

Temple atravesó varias puertas,
siguió ADELANTE sin dudar.

No era un camino sencillo,
y aun con miedo, se propuso llegar.

Las personas que encontraba
muchas veces la ASUSTABAN.

Algunos no eran amables
y a veces la ignoraban.

Tenía una meta en mente:
construir granjas mejores.

—Los animales son SENSIBLES —decía—.
¡Debemos ser más GENTILES!

Temple ganó respeto,
y pronto se volvió famosa.

—¿Temple Grandin? ¡Qué grande!
¡QUÉ GRANDIOSA!

Temple recibió premios,
y obtuvo muchos honores.

Se hizo una PELÍCULA de ella
por muy BUENAS razones.

Y la niña tímida y callada
que no podía hablar,

ahora HABLA en los escenarios
y todos la van a escuchar.

Sus conferencias e historias
brindan ánimo y esperanza.

De NUEVA YORK a SIDNEY, a ROMA,
Temple ofrece una enseñanza:

—Cada persona es especial,
cada mente es DIFERENTE.

—El mundo necesita TUS ideas
¡y las de TODA clase de mentes!

Y aquí te dejo una lección:
¿Sientes que no encajas?

Ser DIFERENTE está bien
¡y tiene sus VENTAJAS!

Así que no lo dudes más,
sigue siempre hasta el final.

ABRE PUERTAS, como Temple,

¡CON TU MENTE EXCEPCIONAL!

Querido lector:

Cuando era niña, tuve la fortuna de que mi mamá estimulara mi talento artístico. Te animo a buscar algo en lo que seas hábil y a tratar de desarrollarlo.

Si te interesa ser científico o científica, como yo, busca nuevas y geniales maneras de mirar las cosas, como con un microscopio o un telescopio. Explora la naturaleza. Inventa tus propios experimentos y pon manos a la obra.

Sigue aprendiendo, especialmente de tus errores.

Temple Grandin

DATOS CURIOSOS TOMADOS DE LA CHARLA ENTRE LA AUTORA Y TEMPLE

Una infancia espacial

"Si algo volaba, ¡me encantaba!", dice Temple cuando le pregunto acerca de sus pasatiempos infantiles. "De niña, adoraba a los astronautas". Además de jugar con papalotes, aviones y naves espaciales, le encantaba dibujar. "Me hubiera sentido perdida en la escuela si no fuera por la clase de arte", dice. Durante la adolescencia, Temple se aficionó a los programas de televisión como *Hombres en el espacio*, *La dimensión desconocida* y *El agente de C.I.P.O.L.* "Era fanática de *Star Trek*", admite. ¿Su personaje favorito? El señor Spock, por supuesto, un encantador semi-humano que solía tener problemas para captar ciertas emociones.

Una película real de una niña vaquera

Pocas personas en el mundo pueden decir que se ha hecho una película de Hollywood sobre su vida, ¡y Temple es una de ellas! En 2010, HBO estrenó *Temple Grandin*, protagonizada por la actriz Claire Danes, quien ganó un premio Golden Globe por su papel como la reconocida científica. El docudrama se centra en los primeros años de Temple con autismo, y en su larga y exitosa carrera en la industria ganadera. "Me encanta que mis propios dibujos aparecieran en la película", dice refiriéndose a los planos de sus inventos. A Temple también le complace que en la película aparezcan tres de las personas más importantes de su vida. "Los personajes centrales de la película, el Sr. Carlock, la tía Ann y mi mamá, fueron muy bien representados".

Un atuendo distintivo

Al pensar en Temple Grandin, una prenda de vestir viene a la mente: ¡camisas vaqueras! A lo largo de los años, la científica de animales ha reunido una increíble colección de camisas, que suele combinar con alguno de sus característicos pañuelos. Pero Temple no siempre tuvo esa confianza y estilo para vestir. "La gente a veces me decía que debía arreglarme un poco", admite. De niña y joven, detestaba los vestidos formales, especialmente si le causaban picor. Cuando descubrió las camisas vaqueras (que prefiere usar encima de una camiseta de algodón suave) le parecieron perfectas, y hoy en día es difícil verla con algo diferente. Incluso lució su atuendo distintivo en Hollywood para la prestigiosa ceremonia de premiación de los Golden Globe en 2011.

Una mujer en un mundo masculino

Pregúntale a Temple cómo fue trabajar en granjas como científica de animales en la década de 1970, y la respuesta te puede sorprender. "Eso fue peor que el autismo... mucho peor", dice. Aun con todos los obstáculos que enfrentó durante su niñez y adolescencia, Temple dice que su mayor reto en la vida fue "ser mujer en un mundo masculino. No fue nada fácil". Agrega que durante ese tiempo, "las únicas mujeres que trabajaban en los corrales de engorda de Arizona eran las secretarias en las oficinas". Entonces, ¿qué hizo que Temple persistiera cuando las cosas parecían no favorecerla? "Quería demostrarle a la gente que no era tonta, que podía lograrlo. Y eso fue lo que me motivó".

Una puerta al futuro

Un estudio del trayecto de Temple no estaría completo sin hacer mención de las puertas. Para Temple, estas no son solo una manera de entrar o salir de una habitación, sino un símbolo de lo que está por venir. "Para pensar en algo abstracto, como mi futuro, necesito algo que pueda visualizar, como una puerta", explica. Temple dice que esto se le ocurrió por primera vez de niña, cuando le asustaba la idea de enfrentar nuevas experiencias o lugares. El imaginarse a sí misma atravesando una puerta le ayudó a superar un poco la ansiedad. "Esa es la manera que usé para pensar en todo", admite.

Un éxito en palabras

¿Quién hubiera creído que la niña que no hablaba de pequeña, algún día viajaría por el mundo como oradora famosa? Si has oído una de las cautivantes conferencias de Temple, entonces sabes que sí es posible. Aun así, transmitir su mensaje frente a una multitud no fue algo que lograra fácilmente. "Al principio no hablaba bien en público", admite. Cuando estaba en la universidad, entré en pánico y me salí de mi primera charla". Entonces, ¿cómo llegó a ser tan hábil? Con mucha práctica y un arma secreta: "Me aseguraba de tener buenas diapositivas que me dieran pistas", explica. "Era una oradora torpe, ¡pero tenía diapositivas fantásticas!".

1947 — Nace el 29 de agosto en Boston, Massachusetts.

1950 — Es diagnosticada con daño cerebral (pronto reconocido como autismo).

1961 — Pasa el verano en el rancho de su tía Ann, en Arizona.

1961 — Ingresa a la escuela Hampshire Country School, y conoce al Sr. Carlock.

1970 — Obtiene un diploma en Psicología en Franklin Pierce College.

1973 — Comienza a escribir artículos como editora de temas de ganado para *Arizona Farmer-Ranchman*.

1975 — Obtiene una maestría en Ciencia Animal en la Universidad Estatal de Arizona.

1989 — Obtiene un doctorado en Ciencia Animal en la Universidad de Illinois.

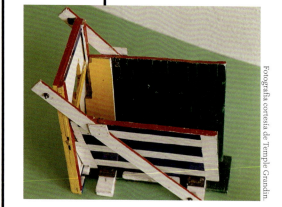
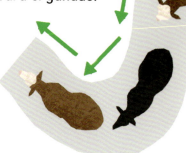

1951 — Comienza a hablar con ayuda de tutores y terapia del lenguaje.

1965 — Inventa su máquina de abrazar.

1961 — Es expulsada de la escuela por mal carácter.

1976 — Inventa el sistema de callejón curvo para el ganado.

1985 — Habla en público por primera vez en una conferencia de la Sociedad Americana de Autismo.

1990 — Instala el primer sistema de retención de vía central para ganado.

2010 — Es nombrada miembro de la Sociedad Americana de Ciencia Animal.

2010 — Su vida figura en la galardonada película de HBO, *Temple Grandin*.

2010 — Ingresa al Salón Nacional de la Fama de las Vaqueras.

2015 — Ingresa a la Academia Americana de Artes y Ciencias.

2005 — Escribe su primer libro, *El lenguaje de los animales*, "bestseller" en la lista del *New York Times*.

2010 — Nombrada por la Revista *Time* como una de las 100 personas más influyentes.

En el presente — Vive en Fort Collins, Colorado (profesora de Ciencia Animal en la Universidad Estatal de Colorado).

Escribe, da charlas, dirige investigaciones y enseña sobre ciencia animal y autismo.

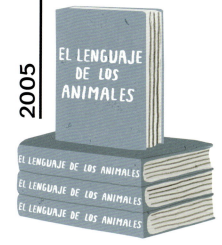

Fotografía © Rosalie Winard

ACERCA DE LA DRA. TEMPLE GRANDIN

La doctora Mary Temple Grandin (afectuosamente conocida como Temple) nació el 29 de agosto de 1947 en Boston, Massachusetts. A pesar de los muchos obstáculos que tuvo en su vida, Temple asumió la misión de educar al mundo sobre dos cosas: la importancia de tratar a los animales con compasión, y el autismo, una condición que afecta a millones de personas en todo el mundo, incluida ella misma.

A los dos años de edad, cuando aún no comenzaba a hablar, Temple fue erróneamente diagnosticada con daño cerebral. Sin embargo, pronto se hizo evidente que tenía autismo: un complejo trastorno del desarrollo cerebral que puede afectar la habilidad de una persona para comunicarse. En aquel tiempo, muchos doctores creían que los niños como Temple no podían ser tratados y, por lo tanto, sugerían enviarlos a un centro especial. Por fortuna, la madre de Temple, Eustacia Cutler, la llevó a un neurólogo que recomendó terapia del lenguaje.

Fotografía cortesía de Temple Grandin.

Con la ayuda de maestros y enfermeros especiales, Temple comenzó a hablar hacia los cuatro años de edad. No obstante, aún se le dificultaba concentrarse en ciertas tareas y controlar su frustración ante situaciones que le causaban estrés. Como a muchas personas con autismo, a Temple no le resultaba natural entablar conversaciones con amigos, leer expresiones faciales e incluso entender la importancia de la higiene y del aseo personal. Estas diferencias le hacían muy difícil encajar con sus compañeros de la escuela. A los catorce años, perdió el control y le lanzó un libro a un estudiante que se burlaba de ella. Desafortunadamente, fue expulsada de la escuela.

El verano siguiente fue decisivo en la vida de Temple. Pasó unos cuantos meses viviendo y trabajando en el rancho de su tía Ann en Arizona, donde desarrolló una conexión muy profunda con los animales. En especial, se encariñó con las vacas, y pronto se dio cuenta de que estas eran pensadoras visuales. Al igual que ella, las vacas percibían detalles a su alrededor que mucha gente no percibe. Aunque Temple ha sido cautelosa al señalar que no todos los que tienen autismo son pensadores visuales, suele describirse a sí misma como alguien que "piensa en imágenes".

Cuando regresó de Arizona, Temple entró a una nueva escuela, Hampshire Country School, en New Hampshire. Allí conoció a William (Bill) Carlock, un maestro y antiguo científico de la NASA que llegaría a ser su amigo y tutor de por vida. De inmediato, él reconoció que la chica de quince años tenía un talento inusual para recordar imágenes, muy similar al modo en que una computadora recupera fotos almacenadas. El Sr. Carlock la animó a usar este don especial a su favor. Temple también reconoce que él la ayudó a adquirir un interés real por las ciencias.

Durante su último año en la escuela secundaria, bajo la guía del Sr. Carlock, Temple construyó su primer invento: la máquina que aprieta (a veces conocida como "máquina de abrazos"). Temple se basó en un aparato que vio en la granja: un brete presurizado que calmaba a las vacas cuando les ponían vacunas, apretándolas de modo firme, pero agradable, muy similar a un abrazo fuerte. Aunque a Temple no le gustaba que la gente la abrazara, descubrió que le gustaba mucho la sensación de calma que su máquina le proporcionaba.

Al graduarse de la escuela secundaria, Temple ingresó a la universidad, algo que muchos creían imposible debido a su autismo. En la universidad Franklin Pierce de New Hampshire (en esos tiempos Franklin Pierce College), continúo trabajando en su máquina de apretar. Tras mucho trabajo de convencimiento, la universidad le permitió realizar un estudio de investigación en el que ella observó cómo se sentían los estudiantes antes y después de usar el dispositivo. Proyectos como este llevaron a Temple a saber lo que quería hacer con su vida: estudiar el comportamiento de los animales de granja y usar lo aprendido para mejorar el modo en que estos eran tratados. Su esfuerzo y dedicación a esta meta le permitieron obtener tres diplomas, incluido un doctorado en Ciencia Animal.

Aun con su extraordinaria educación, Temple siguió teniendo dificultades para hacerse oír en la industria agropecuaria. Su carrera se inició en la década de 1970, cuando prácticamente no había mujeres expertas en este campo. Pero Temple fue persistente. Continuó abriéndose camino en las granjas, ranchos y plantas de procesamiento de carnes, y escribiendo muchos artículos para reconocidas revistas y publicaciones sobre ganado. Años de investigación la llevaron a concluir que el modo en el que los animales –en particular, las vacas– eran transportados y manipulados, les causaba mucho dolor, estrés y miedo. Temple notó que muchas vacas se lesionaban al ser llevadas de un lugar a otro en rampas empinadas y resbaladizas dentro de instalaciones pobremente iluminadas. Creía que ese tratamiento tan brusco y descuidado era innecesario y cruel, incluso para las vacas que eran criadas solo por su carne. Deseosa de mejorar las cosas, Temple decidió someterse a algunos de los duros procesos que debían soportar las vacas a diario, usando su propia intuición animal para ver y sentir como ellas. Entre los hallazgos más importantes de sus experimentos figura la noción de que las vacas prefieren los corrales y las rampas con paredes sólidas, en lugar de las vallas abiertas, lo que las deja susceptibles a los ruidos fuertes, sombras intimidantes y otras distracciones indeseables. También les gustan las áreas bien iluminadas y les cuesta entrar en espacios o edificios estrechos u oscuros.

Usando los datos que reunió, Temple fue capaz de inventar maneras para que el traslado del ganado fuera más seguro y cómodo. Entre sus contribuciones más valiosas como científica animal hay dos inventos: el sistema inmovilizador de carril central, utilizado para mantener a los animales en posición vertical sobre la cinta transportadora, y el callejón curvo que se muestra en este libro. Temple diseñó este último tras observar que los rebaños prefieren moverse alrededor de sus adiestradores siguiendo un patrón circular, lo que las mantiene en calma. Su nuevo y mejorado diseño emplea paredes sólidas y suelos antideslizantes, que evitan que el ganado se asuste o se lesione al desplazarse tranquilamente en fila por un pasillo curvo. Además de estas innovaciones, Temple también creó un importante método de evaluación para garantizar que las grandes plantas cárnicas y los minoristas traten a sus animales con dignidad. En la actualidad, un gran porcentaje de los productores de carne del mundo utiliza sus compasivos sistemas y procedimientos.

Tan importante como su trabajo con los animales es su contribución a la comunidad autista. Temple viaja por el mundo para contar su historia e inspirar a otros. Considera que los niños con autismo necesitan una intervención temprana y un buen sistema de apoyo que los motive. Al igual que su tutor, el Sr. Carlock, ella cree que animar a los niños a encontrar sus propias fortalezas suele ser clave para que logren triunfar.

A lo largo de su larga carrera, Temple ha recibido numerosos premios y honores de prestigio, como su inclusión en la Sociedad Americana de Ciencia Animal y su ingreso en la Academia Americana de Artes y Ciencias. Como destacada oradora, ha aparecido en populares programas de televisión y, como autora de numerosos libros, ha figurado dos veces en la lista de los más vendidos del *New York Times*. En 2010, fue incluida en el Salón Nacional de la Fama de las Vaqueras, fue nombrada una de las 100 personas más influyentes por la revista *Time*, y HBO produjo *Temple Grandin*, una película sobre su vida que ha recibido varios premios.

Fotografía cortesía de Temple Grandin.

En la actualidad, Temple vive en Fort Collins, Colorado, donde admite que su mayor pasión en la vida es su trabajo en favor de las personas con autismo y de los animales. Continúa hablando, escribiendo e investigando sobre ambos temas, e incluso encuentra tiempo para ser profesora de Ciencia Animal en la Universidad Estatal de Colorado.

Una cita que a menudo se atribuye a Temple es "Soy diferente, no inferior". Posiblemente esta sea la forma perfecta de describir sus sentimientos sobre la vida con autismo. A pesar de que algunos no lo entiendan, Temple ha dicho que, aunque existiera una cura, no querría curarse de su autismo. Sin este, ¡cree que no habría llegado a ser la CIENTÍFICA ASOMBROSA que es!

Reconocimientos

La editorial, la autora y la ilustradora están inmensamente agradecidas con la Dra. Temple Grandin por aportar sus fotos personales, por hablar largo y tendido con la autora y por sus útiles comentarios durante la creación de este libro.

Bibliografía

Artículos

"Temple Grandin Biography.com." *The Biography.com.* A&E Television Networks, 2 de abril, 2014. http://www.biography.com/people/temple-grandin-38062

Sacks, Oliver. "An Anthropologist on Mars." *The New Yorker,* 27 de diciembre, 1993. http://www.newyorker.com/magazine/1993/12/27/anthropologist-mars

Grandin, Temple. "Temple Grandin on a New Approach for Thinking about Thinking." *Smithsonian.com.* Smithsonian Magazine. Julio de 2012. http://www.smithsonianmag.com/science-nature/temple-grandin-on-a-new-approachforthinking-about-thinking-130551740

Videos/Película

"In Depth with Temple Grandin." *C-SPAN Book TV.* C-SPAN video. 1 de noviembre, 2009. http://www.c-span.org/video/?289706-1/depth-temple-grandin

"The World Needs All Kinds of Minds." TED2010. TED. Febrero de 2010. http://www.ted.com/talks/temple_grandin_the_world_needs_all_kinds_of_minds

Temple Grandin. Dir. Mick Jackson. HBO Films, 2010. Película.

Libros

Grandin, Temple y Richard Panek. *El cerebro autista: El poder de una mente distinta.* Barcelona: RBA, 2023. Libro impreso.

Schopler, Eric y Gary B. Mesibov, eds. *High-Functioning Individuals with Autism.* New York: Springer US, 1992. Libro impreso. Temas actuales sobre autismo.

Grandin, Temple. *Pensar con imágenes: Mi vida con el autismo.* Barcelona: Alba Editorial, 2016. Libro impreso.

Grandin, Temple y Catherine Johnson. *El lenguaje de los animales. Una enriquecedora interpretación desde el autismo.* Barcelona: RBA, 2020. Libro impreso.

Página web

Temple Grandin, PhD
http://www.templegrandin.com